哈福

哈福

中文・日文・中文拼音・羅馬拼音對照

用中文 單字篇
輕鬆學日文

中日對照　迷你辭典

渡邊由里・林小瑜 ◎合著

哈福

語言小把戲——
我也可以說一口溜日語

學一點「有趣的」，對學日語有用的技巧，也就是玩一下語言的小把戲，讓說日語變得好輕鬆、好有趣。

日語學習私房秘笈

如果您總是不循規蹈矩，專找新奇、冒險的玩意兒。那麼，推薦您一種私房的日語學習法，那就是用中文開口說日語。

學日語，很多人就會聯想到枯燥的發音練習，似乎那是一條漫長的路。也因此，對一般有心學好日語入門者，或是曾經學過日語有過挫敗經驗的人來說，怎麼走出第一步，或是再跨出第二步，都是相當頭痛的問題。

但是，「山不轉路轉；路不轉人轉」，在這裡，我們要很大聲的告訴你：不要怕，本書將讓你，第一次開口，就說得呱呱叫。

名主持人胡瓜和電視名製作人郭建宏曾結伴出國旅行，當他們在機場轉機時，找不到要搭的飛機，想問外國人，又開不了口，只好學小鳥鼓翅狀，比手劃腳半天，外國人才明白他們的意思，可知學外語的重要性，至少出國時方便多了。

　　《用中文輕鬆學日文-單字篇》是為了符合沒有日語發音基礎的人，在沒有任何學習壓力下，馬上開口説日語，日本走透透。於是，利用中文當注音這一個小把戲，讓學日語變得好輕鬆、好自然。

本書特色

特色一　聯想記憶　效果10倍

　　本書為方便入門者學習，在每一句日語的下面，都用羅馬拼音和中文來標出發音，學習過程特別有趣。萬一碰到你不會念的日文，你只要對照著念，你就可以和日本人侃侃而談了。其中，中文注音是以最常見、筆畫最簡單的國字標示。透過聯想記憶，學習效果絕對倍增。

特色二　絕對實用

　　網羅觀光、生活全程必備日語單字，赴日觀光、生活前的必備知識，出、入境與通關，以及當地購物、殺價或是遇上緊急狀況時的必備日語單字，字字實用，絕對好用。

Contents

四、日常生活篇

五、飲食篇

六、植物及環境

七、娛樂篇

八、發生意外篇

一

首先要記住的句子

中文	日語	中文拼音	羅馬拼音

是的。

はい。
哈伊
hai

不用了。

結構です。（けっこう）
克耶^寇～ 爹穌
kekkoodesu

我不知道。

わかりません。
哇卡里媽現
wakarimasen

什麼時候？

いつ？
伊支
itsu

在哪裡？

どこ？
稻寇
doko

什麼？

なに？
那尼
nani

| 中文 | 日語 | 中文拼音 | 羅馬拼音 |

多少錢？
いくら？
伊枯拉
ikura

哪個車站？
なにえき
何駅ですか？
那尼 耶克伊爹穌卡
naniekidesuka

第幾月台？
なんばんせん
何番線ですか？
那恩 拔恩 現爹穌卡
nanbansendesuka

為什麼？
なぜ？
那瑞
naze

什麼時候？
いつ
何時に？
伊支尼
itsuni

早安！
おはよう！
歐哈悠～
ohayo

中文	日語	中文拼音	羅馬拼音

午安/日安！

こんにちは
寇恩尼七哇
konnichiwa

您好嗎？

ごきげんいかが？
勾克伊 給恩 伊卡嘎
gokigenikaga

晚安！

おやすみなさい。
歐呀穌咪那賽
oyasuminasai

謝謝！

ありがとう
阿里嘎豆～
arigatoo

對不起！

すみません。
穌咪媽現
sumimasen

不客氣。

どういたしまして
稻～伊它西媽西貼
dooitashimashite

中文	日語	中文拼音	羅馬拼音

再見。	さようなら 沙悠～那拉 sayoonara
麻煩您。	お願いします！ （ねが） 歐內嘎伊 西媽穌 onegaishimasu
好的。	オーケー 歐～克耶～ ookee
對不起。 （稍含歉意）	失礼！ （しつれい） 西支累～ shitsuree
對不起。 （請對方再說一次等等）	ちょっと！ 秋^豆 chotto
借我過一下。	通してください。 （とお） 豆～西貼 枯達賽 tooshitekudasai

中文	日語	中文拼音	羅馬拼音

你還好嗎？

大丈夫ですか？
（だいじょうぶ）
代就～布爹穌卡
daijoobudesuka

我沒問題。

大丈夫です。
（だいじょうぶ）
代就～布爹穌
daijoobudesu

給我這個。

これをください。
寇累 歐 枯達賽
kore o kudasai

多少錢？

いくらですか？
伊枯拉爹穌卡
ikuradesuka

～小姐

～さん （未婚女性）
～桑
~san

～女士

～さん （既婚女性）
～桑
~san

中文	日語	中文拼音	羅馬拼音
～先生	～さん（男性） ～桑 ~san		

▲淺草寺雷門
供奉風神跟雷神的淺草寺，寺廟的入口與八角門。

這句中文 日語怎麼說

● 對不起。

ごめんなさい。

勾面那賽
gomennasai

● 請給我水。

お水をください。

歐咪茲 歐 枯達賽
omizu o kudasai

● 幫我一下。

手伝って。

貼支達^貼
tetsudatte

中文	日語	中文拼音	羅馬拼音
1	1 伊七 ichi		
2	2 尼 ni		
3	3 現 san		
4	4 悠恩 / 西 yon / shi		
5	5 勾 go		
6	6 落枯 roku		

中文	日語	中文拼音	羅馬拼音
7	7 西七 / 那那 shichi / nana		
8	8 哈七 hachi		
9	9 枯伊烏〜/ 枯 kuu/ ku		
10	10 啾〜 juu		
11	11 啾〜伊七 juuichi		
12	12 啾〜尼 juuni		

中文	日語	中文拼音	羅馬拼音

13	**13** 啾～現 juusan

14	**14** 啾～用 juuyon

15	**15** 啾～勾 juugo

16	**16** 啾～落枯 juuroku

17	**17** 啾～西七 / 啾～那那 juushichi / juunana

20	**20** 尼啾～ nijuu

中文	日語	中文拼音	羅馬拼音
30	30 現啾～ sanjuu		
40	40 用啾～ yonjuu		
50	50 勾啾～ gojuu		
60	60 落枯啾～ rokujuu		
70	70 那那啾～ nanajuu		
80	80 哈七啾～ hachijuu		

中文	日語	中文拼音	羅馬拼音
90	90	枯伊烏～啾～	kyuujuu
100	100	嗨呀枯	hyaku
1000	1000	現	sen
10,000	10,000	慢	man

 這句中文 **日語怎麼說**

● 多少錢？

いくらですか。

伊枯拉爹穌卡
ikuradesuka

● 只會一點。

ちょっとだけね。

秋^豆 達克耶內
chottodakene

● 放輕鬆。

きらく
気楽にやれよ

克伊拉枯尼 呀累悠
kirakuni yareyo

中文	日語	中文拼音	羅馬拼音

今天	きょう 克悠～ kyoo

昨天	きのう 克伊諾～ kinoo

明天	あす 阿穌 asu

後天	あさって 阿沙^貼 asatte

早上	朝^{あさ} 阿沙 asa

中午	正午^{しょうご} 休～勾 shoogo

中文	日語	中文拼音	羅馬拼音
下午	午後 （ご ご） 勹勹 gogo		
傍晚	夕方 （ゆうがた） 尤～嘎搭 yuugata		
晚上	夜 （よる） 悠魯 yoru		
星期日	日曜 （にちよう） 尼七悠～ nichiyoo		
星期一	月曜 （げつよう） 給支悠 getsuyoo		
星期二	火曜 （かよう） 卡悠～ kayoo		

中文	日語	中文拼音	羅馬拼音

星期三	すいよう 水曜 穌伊悠～ suiyoo
星期四	もくよう 木曜 某枯悠～ mokuyoo
星期五	きんよう 金曜 克伊妞～ kinyoo
星期六	どよう 土曜 稻悠～ doyoo
這個星期	こんしゅう 今週 寇恩咻～ konshuu
上星期	せんしゅう 先週 現咻～ senshuu

中文	日語	中文拼音	羅馬拼音
下星期	らいしゅう 来週	拉伊咻～	raishuu
這個月	こんげつ 今月	寇恩給支	kongetsu
上個月	せんげつ 先月	現給支	sengetsu
下個月	らいげつ 来月	拉伊給支	raigetsu
今年	ことし 今年	寇豆西	kotoshi

 這句中文 日語怎麼說

● 什麼時候？

いつですか。

伊支爹穌卡
itsudesuka

● 小心。

気を付けて。

克伊歐 支克耶貼
ki o tsukete

● 盡全力做。

全力でがんばれ。

瑞恩溜枯爹 嘎恩巴累
zenryokude ganbare

日期(二)

中文	日語	中文拼音	羅馬拼音

春天	はる 春 哈露 haru

夏天	なつ 夏 那支 natsu

秋天	あき 秋 阿克伊 aki

冬天	ふゆ 冬 夫尤 fuyu

1月	いちがつ 1月 伊七嘎支 ichigatsu

2月	にがつ 2月 尼嘎支 nigatsu

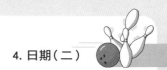

中文	日語	中文拼音	羅馬拼音
3月	さんがつ 3月	現嘎支	sangatsu
4月	しがつ 4月	西嘎支	shigatsu
5月	ごがつ 5月	勾嘎支	gogatsu
6月	ろくがつ 6月	落枯嘎支	rokugatsu
7月	しちがつ 7月	西七嘎支	shichigatsu
8月	はちがつ 8月	哈七嘎支	hachigatsu

中文	日語	中文拼音	羅馬拼音
9月	く がつ 9月 枯嘎支 kugatsu		
10月	じゅうがつ 10月 啾〜嘎支 juugatsu		
11月	じゅういちがつ 11月 啾〜伊七嘎支 juuichigatsu		
12月	じゅうにがつ 12月 啾〜尼嘎支 juunigatsu		

這句中文 日語怎麼說

● 不要放棄。

> あきらめないで！
>
> 阿克伊拉妹那伊爹
> akiramenaide

● 別放在心上。

> 気にしないで！
>
> 克伊尼 西那伊爹
> kini shinaide

● 那太簡單了。

> それくらい知ってるよ。
>
> 搜累 枯拉伊 西^貼魯悠
> sorekurai shitteruyo

二

人物篇

身體各個部位

中文	日語	中文拼音	羅馬拼音
頭	あたま 頭 阿搭媽 atama		
臉	かお 顔 卡歐 kao		
眼睛	め 目 妹 me		
鼻子	はな 鼻 哈那 hana		
嘴唇	くちびる 唇 枯七逼魯 kuchibiru		
耳朵	みみ 耳 咪咪 mimi		

中文	日語	中文拼音	羅馬拼音

牙齒

は
歯
哈
ha

嘴巴

くち
口
枯七
kuchi

脖子

くび
首
枯逼
kubi

腳

あし
足
阿西
ashi

乳房

ちち
乳
七七
chichi

腹部

なか
お腹
歐那卡
onaka

中文	日語	中文拼音	羅馬拼音
肩膀	かた 肩 卡它 kata		
腰部	こし 腰 寇西 koshi		
手	て 手 貼 te		
手指	ゆび 指 尤逼 yubi		

這句中文 日語怎麼說

● 好久不見。

> お久(ひさ)しぶりです。
>
> 歐嘻沙西 布里爹穌
> ohisashiburidesu

● 他是我朋友。

> 彼(かれ)は私(わたし)の友達(ともだち)です。
>
> 卡累哇 哇它西 諾 豆某達七爹穌
> karewa watashino tomodachidesu

● 你是哪國人？

> ご出身(しゅっしん)は？
>
> 勾咻^信哇
> goshusshinwa

中文	日語	中文拼音	羅馬拼音
我	^{わたし}私 哇搭西		watashi
你	あなた 阿那搭		anata
他	^{かれ}彼 卡累		kare
她	^{かのじょ}彼女 卡諾久		kanojo
男朋友	^{かれし}彼氏 卡累西		kareshi
女朋友	^{かのじょ}彼女 卡諾久		kanojo

中文	日語	中文拼音	羅馬拼音

父親	^{ちち}父 ㄘㄘ chichi

母親	^{はは}母 哈哈 haha

兒子	^{むすこ}息子 母穌寇 musuko

女兒	^{むすめ}娘 母穌妹 musume

兄弟	^{きょうだい}兄弟 克悠～達伊 kyoodai

姊妹	^{しまい}姉妹 西媽伊 shimai

中文	日語	中文拼音	羅馬拼音

哥哥

<ruby>兄<rt>あに</rt></ruby>
阿尼
ani

弟弟

<ruby>弟<rt>おとうと</rt></ruby>
歐豆～豆
otooto

姊姊

<ruby>姉<rt>あね</rt></ruby>
阿內
ane

妹妹

<ruby>妹<rt>いもうと</rt></ruby>
伊某～豆
imooto

祖父

<ruby>祖父<rt>そ ふ</rt></ruby>
搜夫
sofu

祖母

<ruby>祖母<rt>そ ぼ</rt></ruby>
搜剝
sobo

中文	日語	中文拼音	羅馬拼音

家族

かぞく
家族
卡宙枯
kazoku

丈夫

おっと
夫
歐^豆
otto

妻子

つま
妻
支媽
tsuma

夫妻

ふさい
夫妻
夫賽
fusai

這句中文日語怎麼說

● 這是我父親。

これは父<ruby>ちち</ruby>です。

> 寇累哇 七七爹穌
> korewa chichidesu

● 我住在台北。

タイペイに住んでます。

> 台佩～尼 穌恩爹媽穌
> taipeini sundemasu

● 自己 手做。

自分<ruby>じぶん</ruby>でやりなさい。

> 基笨爹 呀里那賽
> jibunde yarinasai

中文	日語	中文拼音	羅馬拼音

成人	<ruby>大人<rt>おとな</rt></ruby> 歐豆那 otona
孩子	<ruby>子供<rt>こども</rt></ruby> 寇稻摸 kodomo
外國人	<ruby>外国人<rt>がいこくじん</rt></ruby> 嘎伊寇枯基恩 gaikokujin
客人	<ruby>客<rt>きゃく</rt></ruby> 卡呀枯 kyaku
女	<ruby>女性<rt>じょせい</rt></ruby> 久誰～ josee
男	<ruby>男性<rt>だんせい</rt></ruby> 但洩～ dansee

中文	日語	中文拼音	羅馬拼音

丈夫	おっと 夫 歐^豆 otto
妻子	つま 妻 支媽 tsuma
朋友	ともだち 友達 豆某達七 tomodachi
客人	きゃく 客 卡呀枯 kyaku
親戚	しんせき 親戚 信誰克伊 shinseki
日本人	にほんじん 日本人 尼哄進 nihonjin

| 中文 | 日語 | 中文拼音 | 羅馬拼音 |

年齡

ねんれい
年齢
內恩累～
nenree

◀鹿部町間歇泉公園

伴隨著5、6分鐘一次
的響聲，就會噴出攝
氏103度，15公尺高
的溫泉。

這句中文 日語怎麼說

● **大聲點！**

大きい声で。
<ruby>大<rt>おお</rt></ruby>きい<ruby>声<rt>こえ</rt></ruby>で。

歐～克伊～ 寇耶爹
ookiikoede

● **她是我女朋友。**

<ruby>彼女<rt>かのじょ</rt></ruby>はガールフレンドです。

卡諾久哇 嘎～魯夫累恩稻爹穌
kanojowa gaarufurendodesu

● **真的嗎？**

<ruby>本当<rt>ほんとう</rt></ruby>？

紅豆～
hontoo

中文	日語	中文拼音	羅馬拼音

職業

しょくぎょう
職業
休枯<u>克悠</u>～
shokugyoo

公司職員

かいしゃいん
会社員
<u>枯伊蝦伊恩</u>
kaishain

自營業者

じえいぎょう
自営業
基耶～<u>克悠</u>～
jieegyoo

公務員

こうむいん
公務員
寇～母伊恩
koomuin

主婦

しゅふ
主婦
咻夫
shufu

教師

きょうし
教師
<u>克悠</u>～西
kyooshi

中文	日語	中文拼音	羅馬拼音

機長	きちょう 機長 克伊就悠～ kichoo

經理	しはいにん 支配人 西哈伊尼恩 shihainin

學生	がくせい 学生 嘎枯洩～ gakusee

警察	けいさつ 警察 克耶～沙支 keesatsu

醫生	いしゃ 医者 伊蝦 isha

男服務生	ウイター 烏耶～它～ ueitaa

中文	日語	中文拼音	羅馬拼音

女服務生

ウェイトレス

烏耶～豆累穌

ueitoresu

律師

<ruby>弁護士<rt>べんごし</rt></ruby>

貝恩勾西

bengoshi

工程師

エンジニア

淹基尼阿

enjinia

美容師

<ruby>美容師<rt>びようし</rt></ruby>

逼悠～西

biyooshi

銀行員

<ruby>銀行員<rt>ぎんこういん</rt></ruby>

哥伊恩寇～伊恩

ginkooin

農夫

<ruby>農夫<rt>のうふ</rt></ruby>

諾～夫

noofu

中文	日語	中文拼音	羅馬拼音

郵局職員	ゆうびんきょくいん **郵便局員** 尤～逼恩克悠枯伊恩 yuubinkyokuin

司機	うんてんしゅ **運転手** 烏恩貼恩咻 untenshu

程式設計師	**プログラマー** 撲落估拉媽～ puroguramaa

店員	てんいん **店員** 貼尼恩 tenin

作家	さっか **作家** 沙^卡 sakka

畫家	が か **画家** 嘎卡 gaka

這句中文日語怎麼說

● 我很會跳舞。

ダンスが得意です。
とくい

店穌嘎 豆枯伊爹穌
dansuga tokuidesu

● 你想追我嗎？

私をナンパするつもり？
わたし

哇搭西歐 那恩趴穌魯 支某里
watashi o nanpasuru tsumori

● 不要遲到。

遲刻しないで。
ちこく

七寇枯西那伊爹
chikokushinaide

中文	日語	中文拼音	羅馬拼音

高興	うれしい 烏累西～ ureshii
快樂	<ruby>楽<rt>たの</rt></ruby>しい 它諾西～ tanoshii
悲傷	<ruby>悲<rt>かな</rt></ruby>しい 卡那西～ kanashii
不甘心	<ruby>悔<rt>くや</rt></ruby>しい 枯呀西～ kuyashii
害羞	<ruby>恥<rt>は</rt></ruby>ずかしい 哈茲卡西～ hazukashii
生氣	<ruby>怒<rt>おこ</rt></ruby>ってる 歐寇^貼魯 okotteru

中文	日語	中文拼音	羅馬拼音

可怕

こわい
寇哇伊
kowai

驚訝

おどろ
驚いた
歐豆落伊搭
otoroita

極美、極優秀

すばらしい
穌拔拉西～
subarashii

惡劣

ひどい
喝伊稻伊
hidoi

喜歡

す
好き
穌克伊
suki

討厭

きら
嫌い
克伊拉伊
kirai

這句中文日語怎麼說

● 這個很不錯。

これはとてもいいです。

寇累哇 豆貼某 伊伊爹穌
korewa totemo iidesu

● 祝你週末愉快！

よい週末を。
しゅうまつ

悠伊 咻～媽支歐
yoishuumatsu o

● 你等著瞧吧！

まあ見てろよ。
み

媽～ 咪貼落悠
maa miteroyo

感情的表現(二)

中文	日語	中文拼音	羅馬拼音

疲倦

つか
疲れた。
支卡累它
tsukareta

肚子餓

なか
お腹がすいた。
歐那卡嘎 穌伊它
onakaga suita

口渴

かわ
のどが乾いた。
諾稻嘎 卡哇伊它
nodoga kawaita

傷腦筋

こま
困ってる。
寇媽^貼魯
komatteru

想要

ほ
欲しい
后西～
hoshii

不要

いらない
伊拉那伊
iranai

中文	日語	中文拼音	羅馬拼音
（天氣）溫暖／熱	<ruby>暑<rt>あつ</rt></ruby>い ／ <ruby>熱<rt>あつ</rt></ruby>い 阿支伊／阿支伊 atsui / atsui		
寒冷	<ruby>寒<rt>さむ</rt></ruby>い 沙母伊 samui		

▲皇居外苑
這裡地處東京的中央位置，以前是德川幕府的根據地，現在則是綠意盎然的皇居。

這句中文 日語怎麼說

● 我喜歡這個。

これが好^すきです。

寇累嘎 穌克伊爹穌
korega sukidesu

● 這是我的榮幸。

喜^{よろこ}んで。

悠落寇恩爹
yorokonde

● 太簡單啦！

楽勝^{らくしょう}だよ！

拉枯休～達悠
rakushoodayo

中文	日語	中文拼音	羅馬拼音

中國	ちゅうごく **中国** 啾烏～勾枯 chuugoku

美國	**アメリカ** 阿妹里卡 amerika

日本	にほん **日本** 尼后恩 nihon

韓國	かんこく **韓国** 卡恩寇枯 kankoku

義大利	**イタリア** 伊它里阿 itaria

法國	**フランス** 夫拉恩穌 furansu

中文	日語	中文拼音	羅馬拼音

西班牙

スペイン
穌佩伊恩
supein

墨西哥

メキシコ
妹克伊西寇
mekishiko

德國

ドイツ
稻伊支
doitsu

英格蘭

イングランド
伊恩估拉恩稻
ingurando

葡萄牙

ポルトガル
剖魯豆嘎魯
porutogaru

巴西

ブラジル
布拉基魯
burajiru

中文	日語	中文拼音	羅馬拼音

南非

みなみ
南アフリカ
咪那咪阿夫里卡
minamiafurika

蘇聯

ロシア
落西阿
roshia

▲中央區銀座
銀座四丁目的十字路口，有1932年建造的和光鐘塔，是銀座的象徵。

這句中文 **日語怎麼說**

● 你看看這個。

これを見てみよう。

> 寇累歐 咪貼 咪悠～
> kore o mitemiyoo

● 不可能的。

無理よ。

> 母里悠
> muriyo

● 我回來了。

ただいま。

> 它達伊媽
> tadaima

隨手
筆記

三

衣服、飾品篇

衣 服

中文	日語	中文拼音	羅馬拼音

衣服
服 (ふく)
夫枯
fuku

裙子
スカート
穌卡〜豆
sukaato

褲子
ズボン
茲剝恩
zubon

女用襯衫
ブラウス
布拉烏穌
burausu

外套
ジャケット
甲克耶^豆
jaketto

大衣
コート
寇〜豆
kooto

中文	日語	中文拼音	羅馬拼音

牛仔褲

ジーンズ

基～恩茲
jiinzu

內衣

<ruby>下着<rt>したぎ</rt></ruby>

西它哥伊
shitagi

領帶針

タイピン

它伊披恩
taipin

西裝

<ruby>背広<rt>せびろ</rt></ruby>

誰逼落
sebiro

襯衫

Ｙシャツ

歪 蝦支
Y shatsu

輕便大衣

<ruby>軽<rt>かる</rt></ruby>いコート

卡魯伊 寇～豆
karuikooto

中文	日語	中文拼音	羅馬拼音

毛衣

セーター
洩〜它〜
seetaa

緊的

きつい
克伊支伊
kitsui

寬鬆的

ゆるい
尤魯伊
yurui

尺寸

サイズ
賽茲
saizu

這句中文 日語怎麼說

● 好看嗎？

どう、似合う？

稻～, 尼阿烏
doo, niau

● 我可以試穿嗎？

試着してもいいですか。

西洽枯 西貼某 伊伊爹穌卡
shichakushitemo iidesuka

● 我只看看。

見てるだけです。

咪貼魯 達克耶爹穌
miterudakedesu

2 飾 品

中文	日語	中文拼音	羅馬拼音

装飾品

アクセサリー
阿枯誰沙里～
akusesarii

寶石

ほうせき
宝石
后～誰克伊
hooseki

毛皮

けがわ
毛皮
克耶嘎哇
kegawa

皮包

バッグ
拔^佑
baggu

鞋子

くつ
靴
枯支
kutsu

皮帶

ベルト
貝魯豆
beruto

中文	日語	中文拼音	羅馬拼音

絲襪	ストッキング 穌豆^克伊恩估 sutokkingu
襪子	くつした 靴下 枯支西它 kutsushita
太陽眼鏡	サングラス 現估拉穌 sangurasu
帽子	ぼうし 帽子 剝～西 booshi
手套	てぶくろ 手袋 貼布枯落 tebukuro
領帶	ネクタイ 內枯它伊 nekutai

中文	日語	中文拼音	羅馬拼音

雨傘	かさ 傘 卡沙 kasa

絲巾	スカーフ 穌卡～夫 sukaafu

化妝品	けしょうひん 化粧品 克耶休～喝伊恩 keshoohin

香水	こうすい 香水 寇～穌伊 koosui

洗滌	あら 洗う 阿拉烏 arau

昂貴	たか 高い 它枯伊 takai

中文	日語	中文拼音	羅馬拼音
便宜	<ruby>安<rt>やす</rt></ruby>い 呀穌伊 yasui		
打折	<ruby>割引<rt>わりびき</rt></ruby> 哇里逼<u>克伊</u> waribiki		

▲港區青山

神宮外苑的銀杏大道，展現出它春夏秋冬迥異的迷人風貌。

這句中文日語怎麼說

● 給我看一下這個。

これを見せてください。

寇累歐 咪誰貼 枯達賽
kore o misete kudasai

● 我要這個。

これにします。

寇累尼 西媽穌
koreni shimasu

● 在哪裡買得到？

どこで買えますか。

稻寇爹 卡耶媽穌卡
dokode kaemasuka

中文	日語	中文拼音	羅馬拼音

羊毛	ウール 烏〜魯 uuru
棉	木綿（もめん） 某面 momen
絹	絹（きぬ） 克伊奴 kinu
麻	麻（あさ） 阿沙 asa
皮革	革（かわ） 卡哇 kawa

這句中文 日語怎麼說

● 我要黑的。

<ruby>黒<rt>くろ</rt></ruby>いのにします。

枯落伊諾尼 西媽穌
kuroinoni shimasu

● 不能再便宜些嗎？

もっと<ruby>安<rt>やす</rt></ruby>くならない？

某^豆 呀穌枯 那拉那伊
motto yasuku naranai

● 賣光了。

<ruby>売<rt>う</rt></ruby>り<ruby>切<rt>き</rt></ruby>れです。

烏里克伊累爹穌
urikiredesu

四

日常生活篇

中文	日語	中文拼音	羅馬拼音

中文	日語 / 中文拼音 / 羅馬拼音
鑰匙	カギ 卡哥伊 kagi
毛毯	もうふ 毛布 某〜夫 moofu
肥皂	せっけん 誰^克耶恩 sekken
洗髮精	シャンプー 蝦恩撲〜 shampuu
洗髮乳	りんす 里恩穌 rinsu
浴帽	シャワーキャップ 蝦哇〜卡呀^撲 shawaa kyappu

中文	日語	中文拼音	羅馬拼音

毛巾

タオル
它歐魯
taoru

浴巾

バスタオル
拔穌它歐魯
basutaoru

牙膏

練り歯磨き
內里哈咪嘎<u>克伊</u>
nerihamigaki

牙刷

歯ブラシ
哈布拉西
haburashi

衛生紙

トイレットペーパー
豆伊累^豆佩～趴～
toirettopeepaa

打火機

ライター
拉伊它～
raitaa

中文	日語	中文拼音	羅馬拼音

雨傘	かさ 傘 卡沙 kasa
刮鬍刀	カミソリ 卡咪搜里 kamisori
梳子	くし 枯西 kushi
地毯	じゅうたん 啾～它恩 juutan
洗滌劑	せんざい 洗剤 現雜伊 senzai
剪刀	ハサミ 哈沙咪 hasami

中文	日語	中文拼音	羅馬拼音

瓶子	びん 逼恩 bin

鍋子	なべ 鍋 那貝 nabe

刀子	ナイフ 那伊夫 naifu

叉子	フォーク 夫歐～枯 fooku

湯匙	スプーン 穌撲～恩 supuun

筷子	はし 哈西 hashi

中文	日語	中文拼音	羅馬拼音
平底鍋	フライパン	夫拉伊趴恩	furaipan
砧板	まな板（いた）	媽那伊它	manaita
盤子	皿（さら）	沙拉	sara
玻璃杯	グラス	估拉穌	gurasu
杯子	コップ	寇^撲	koppu
小茶壺	急須（きゅうす）	枯伊烏～穌	kyuusu

這句中文 日語怎麼說

● 在哪裡可以買到報紙？

> ### しんぶん 新聞はどこで 買_かえますか。
>
> 西恩布恩哇 稻寇爹 卡耶媽穌卡
> shinbunwa dokode kaemasuka

● 我兩個都喜歡。

> ### どっちも好_すき！
>
> 稻^七某 穌克伊
> docchimo suki

● 找到了。

> ### あった。
>
> 阿^它
> atta

中文	日語	中文拼音	羅馬拼音

房間	<ruby>部屋<rt>へや</rt></ruby> 黑呀 heya
客廳	<ruby>居間<rt>いま</rt></ruby> 伊媽 ima
會客室	<ruby>応接室<rt>おうせつしつ</rt></ruby> 歐～誰支西支 oosetsushitsu
餐廳	<ruby>食堂<rt>しょくどう</rt></ruby> 休枯稻～ shokudoo
書房	<ruby>書斎<rt>しょさい</rt></ruby> 休賽 shosai
廚房	<ruby>台所<rt>だいどころ</rt></ruby> 達伊稻寇落 daidokoro

中文	日語	中文拼音	羅馬拼音
廁所	トイレ 豆伊累 toire		
陽台	ベランダ 貝拉恩達 beranda		
寢室	しんしつ 寝室 信西支 shinshitsu		
浴室	バスルーム 拔穌魯～母 basuruumu		
衣櫥	タンス 它阿恩穌 tansu		
窗戶	まど 窓 媽稲 mado		

中文	日語	中文拼音	羅馬拼音

大門	もん 門 某恩 mon
桌子	テーブル 貼～布魯 teeburu
床	ベッド 貝^稻 beddo
插座	コンセント 寇恩現豆 konsento
水龍頭	じゃぐち 蛇口 甲枯七 jaguchi
沙發	ソファー 搜發～ sofaa

中文	日語	中文拼音	羅馬拼音
桌子	つくえ **机** 支枯耶 tsukue		
椅子	いす **椅子** 伊穌 isu		
浴缸	よくそう **浴槽** 悠枯搜〜 yokusoo		
書架	ほんだな **本棚** 哄達那 hondana		
階梯	かいだん **階段** 卡伊達恩 kaidan		

這句中文日語怎麼說

● 這是我的房間。

ここは私（わたし）の部屋（へや）です。

寇寇哇 哇它西諾 黑呀爹穌
kokowa watashino heyadesu

● 如何？

どうだった？

稻～達^它
doodatta

● 電話中。

話（はな）し中（ちゅう）だ。

哈那西七烏～達
hanashichuuda

3 家電製品

中文	日語	中文拼音	羅馬拼音

照相機

カメラ
卡妹拉
kamera

時鐘

とけい
時計
豆克耶～
tokee

鬧鐘

め ざ　　　 ど けい
目覚まし時計
妹雜媽西稻克耶～
mezamashidokee

手錶

う で ど けい
腕時計
烏爹豆克耶～
udedokee

收音機

ラジオ
拉基歐
rajio

冰箱

れいぞうこ
冷蔵庫
累～宙～寇
reezooko

中文	日語	中文拼音	羅馬拼音

電話

でんわ
電話
爹恩哇
denwa

冷氣機

エアコン
耶阿寇恩
eakon

暖氣機

だんぼう
暖房
達恩剝～
danboo

電視

テレビ
貼累逼
terebi

熨斗

アイロン
阿伊落恩
airon

耳機

イヤホン
伊呀哄恩
iyahon

中文	日語　中文拼音　羅馬拼音
微波爐	<ruby>電子<rt>でんし</rt></ruby>レンジ 爹恩西累恩基 denshirenji
烤土司機	トースター 豆〜穌它〜 toosutaa
果汁機	ミキサー 咪克伊沙〜 mikisaa
洗衣機	<ruby>洗濯機<rt>せんたくき</rt></ruby> 現它枯克伊 sentakuki
電扇	<ruby>扇風機<rt>せんぷうき</rt></ruby> 現撲〜克伊 senpuuki
錄放音機	テープレコーダー 貼〜撲累寇〜達〜 teepurekoodaa

中文	日語	中文拼音	羅馬拼音

CD播放機	ＣＤプレーヤー CD 撲累～呀～ CDpureeyaa
錄影機	ビデオ 逼爹歐 bideo
V8	ビデオカメラ 逼爹歐卡妹拉 bideokamera

▲港區東京鐵塔
　1958年所建造的東京鐵塔，是高333公尺的總合電波塔。
在獨立鐵塔中，高度堪稱世界第一。

這句中文日語怎麼說

● 冰箱賣場在哪裡？

れいぞうこ
冷蔵庫はどこですか。

累伊宙～寇哇 稻寇爹穌卡
reezookowa dokodesuka

● 你走開！

ほっといてよ！

后^豆伊貼悠
hottoiteyo

● 有沒有忘記帶的？

わす　　もの
忘れ物ない？

哇穌累某諾那伊
wasureemononai

4 辦公用品

中文	日語
電腦	パソコン 趴搜寇恩 pasokon
筆記型電腦	ノートパソコン 諾～豆趴搜寇恩 nootopasokon
螢幕	モニター 某尼它～ monitaa
傳真機	ファックス 夫阿^枯穌 fakkusu
電腦病毒	コンピュータウィルス 寇恩披烏～它烏伊魯穌 konpyuutauisusu
文書處理機	ワープロ 哇～撲落 waapuro

中文	日語	中文拼音	羅馬拼音

儲存

ほぞん
保存する
后宙恩穌魯
hozonsuru

讀取

よ こ
読み込む
悠咪寇母
yomikomu

磁碟片

フロッピー
夫落^披～
furoppii

光碟

CD ロム
CD 落母
CDromu

軟體

ソフトウエア
搜夫豆鳥耶阿
sofutouea

畫面

がめん
画面
嘎面
gamen

中文	日語	中文拼音	羅馬拼音

網際網路	インターネット 印它～內^豆 intaanetto

網站	ホームページ 后～母佩～基 hoomupeeji

電子郵件	E メール E 妹～魯 E meeru

密碼	パスワード 趴穌哇～稻 pasuwaado

鉛筆	えんぴつ 鉛筆 耶恩披支 enpitsu

原子筆	ボールペン 剝～魯佩恩 poorupen

中文	日語	中文拼音	羅馬拼音

筆記本

ノート
諾～豆
nooto

橡皮擦

消<ruby>し<rt>け</rt></ruby>ゴム
克耶西勾母
keshigomu

立可白

修正液（しゅうせいえき）
咻～誰～耶克伊
shuuseeeki

剪刀

はさみ
哈沙咪
hasami

美工刀

カッター
卡^它～
kattaa

漿糊

のり
諾里
nori

95

中文	日語	中文拼音	羅馬拼音

尺	じょうぎ **定規** 久烏哥伊 joogi

電子計算機	でんたく **電卓** 爹恩達枯 dendaku

釘書機	**ホッチキス** 后^七克伊穌 hocchikisu

圖釘	がびょう **画鋲** 嘎比悠〜 gabyoo

文書夾	**ファイル** 夫阿伊魯 fairu

迴紋針	**クリップ** 枯里^撲 kurippu

| 中文 | 日語 | 中文拼音 | 羅馬拼音 |

空白紙

メモ用紙
ようし
妹某悠～西
memoyooshi

◀札幌市中央區 大通公園

東西1.2公里，寬65公尺綠蔭
盎然的大型都市公園，每年
2月的札幌雪祭都在這裡舉
行。

這句中文 日語怎麼說

● 太棒了！

やったぁ。

呀^它～
yattaa

● 他是我喜歡的類型。

<ruby>彼<rt>かれ</rt></ruby>は<ruby>私<rt>わたし</rt></ruby>の<ruby>好<rt>この</rt></ruby>みなの。

卡累哇 哇它西諾 寇諾咪那諾
karewa watashino konominano

● 發生什麼事了？

<ruby>何<rt>なに</rt></ruby>が<ruby>起<rt>お</rt></ruby>こったの？

那尼嘎 歐寇^它諾
naniga okottano

中文	日語	中文拼音	羅馬拼音

去

い
行く
伊枯
iku

出發

しゅっぱつ
出発する
咻^趴 支穌魯
shuppatsusuru

回來

もど
戻る
某稻魯
modoru

會面

あ
会う
阿烏
au

販賣

う
売る
烏魯
uru

吃

た
食べる
它貝魯
taberu

中文	日語	中文拼音	羅馬拼音
支付	<ruby>支払<rt>しはら</rt></ruby>う 西哈拉烏 shiharau		
居住	<ruby>住<rt>す</rt></ruby>んでいる 穌恩爹伊魯 sundeiru		
寄	<ruby>送<rt>おく</rt></ruby>る 歐枯魯 okuru		
給	あげる 阿給魯 ageru		
使用	<ruby>使<rt>つか</rt></ruby>う 支卡烏 tsukau		
作、做	する 穌魯 suru		

中文	日語	中文拼音	羅馬拼音

說

<ruby>言<rt>い</rt></ruby>う
伊烏
iu

說話

<ruby>話<rt>はな</rt></ruby>す
哈那穌
hanasu

看

<ruby>見<rt>み</rt></ruby>る
咪魯
miru

閱讀

<ruby>読<rt>よ</rt></ruby>む
悠母
yomu

明白

わかる
哇卡魯
wakaru

知道

<ruby>知<rt>し</rt></ruby>っている
西^貼伊魯
shitteiru

中文	日語	中文拼音	羅馬拼音

作	作<ruby>る<rt>さく</rt></ruby> 支枯魯 tsukuru
打電話	電話<ruby>する<rt>でんわ</rt></ruby> 爹恩哇穌魯 denwasuru
學習	勉強<ruby>する<rt>べんきょう</rt></ruby> 貝恩克悠～穌魯 benkyoosuru
睡覺	寝<ruby>る<rt>ね</rt></ruby> 內魯 neru

這句中文 日語怎麼說

● 請再說一次。

もう一度言ってください。

某〜伊七稲 伊^貼 枯達賽
mooichido itte kudasai

● 這樣夠嗎？

もういいですか？

某〜 伊伊爹穌卡
mooiidesuka

● 我什麼都能做。

何でもやります。

那恩爹某 呀里媽穌
nandemo yarimasu

6 生活常用形容詞(一)

中文	日語	中文拼音	羅馬拼音

大

<ruby>大<rt>おお</rt></ruby>きい
歐～克伊～
ookii

長

<ruby>長<rt>なが</rt></ruby>い
那嘎伊
nagai

高

<ruby>高<rt>たか</rt></ruby>い
它卡伊
takai

重

<ruby>重<rt>おも</rt></ruby>い
歐某伊
omoi

多

<ruby>多<rt>おお</rt></ruby>い
歐～伊
ooi

遠

<ruby>遠<rt>とお</rt></ruby>い
豆～伊
tooi

中文	日語	中文拼音	羅馬拼音

早

はや
早い
哈呀伊
hayai

快速

はや
速い
哈呀伊
hayai

昂貴

たか
高い
它枯伊
takai

好

い
良い
伊伊
ii

熱

あつ　　　あつ
暑い ／ 熱い
阿支伊／阿支伊
atsui / atsui

新的

あたら
新しい
阿它拉西～
atarashii

中文	日語	中文拼音	羅馬拼音

正確	ただ 正しい 它達西～ tadashii

一樣	おな 同じ 歐那基 onaji

困難	むずか 難しい 母茲卡西～ muzukashii

忙	いそが 忙しい 伊搜嘎西～ isogashii

高興	うれしい 烏累西～ ureshii

有趣	おもしろい 歐某西落伊 omoshiroi

中文	日語	中文拼音	羅馬拼音
美麗	きれい 克伊累伊 kirei		
甜	あま 甘い 阿媽伊 amai		

▲港區東京灣 彩虹橋
1993年開始通行的東京灣彩虹橋，連結港區芝浦和品川台場，全長798公尺。

這句中文 日語怎麼說

● 我就知道。

やっぱりね。

呀^趴里內
yapparine

● 我回來了。

ただいま。

它達伊媽
tadaima

● 幹得好。

よくやった。

悠枯呀^它
yokuyatta

中文	日語	中文拼音	羅馬拼音

小	<ruby>小<rt>ちい</rt></ruby>さい 七～賽伊 chiisai
短	<ruby>短<rt>みじか</rt></ruby>い 咪基枯伊 mijikai
低,矮	<ruby>低<rt>ひく</rt></ruby>い 喝伊枯伊 hikui
輕	<ruby>軽<rt>かる</rt></ruby>い 卡魯伊 karui
方便	<ruby>便利<rt>べんり</rt></ruby> 貝恩里 benri
不便	<ruby>不便<rt>ふべん</rt></ruby> 夫貝恩 fuben

中文	日語	中文拼音	羅馬拼音

中文	日語
一些	<ruby>少<rt>すく</rt></ruby>ない 穌枯那伊 sukunai
近	<ruby>近<rt>ちか</rt></ruby>い 七枯伊 chikai
遲，晚	<ruby>遅<rt>おそ</rt></ruby>い（<ruby>時間<rt>じかん</rt></ruby>） 歐搜伊 osoi
慢	<ruby>遅<rt>おそ</rt></ruby>い（<ruby>速<rt>はや</rt></ruby>さ） 歐搜伊 osoi
便宜	<ruby>安<rt>やす</rt></ruby>い 呀穌伊 yasui
不好	<ruby>悪<rt>わる</rt></ruby>い 哇魯伊 warui

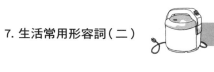

中文	日語	中文拼音	羅馬拼音

寒冷

<ruby>寒<rt>さむ</rt></ruby>い
沙母伊
samui

老舊

<ruby>古<rt>ふる</rt></ruby>い
夫魯伊
furui

錯誤

<ruby>間違<rt>まちが</rt></ruby>った
媽七嘎^它
machigatta

別的

<ruby>別<rt>べつ</rt></ruby>の
貝支諾
betsuno

容易

やさしい
呀沙西〜
yasashii

空閒

<ruby>暇<rt>ひま</rt></ruby>な
喝伊媽那
himana

中文	日語	中文拼音	羅馬拼音

快樂

<ruby>楽<rt>たの</rt></ruby>しい
它諾西～
tanoshii

溫和

やさしい
呀沙西～
yasashii

好吃

おいしい
歐伊西～
oishii

辣

<ruby>辛<rt>から</rt></ruby>い
卡拉伊
karai

 這句中文**日語怎麼說**

● 真不簡單！

> すごい。

酥勾伊
sugoi

● 好舒服喔！

> 気<ruby>持<rt>き も</rt></ruby>ちいい。

克伊某七伊～
kimochiii

● 我的天啊！

> なんてことだ。

那恩貼寇豆達
nantekotoda

五

飲食篇

中文	日語	中文拼音	羅馬拼音

早餐	ちょうしょく **朝食** 秋～休枯 chooshoku

中餐	ちゅうしょく **昼食** 七烏～休枯 cyuushoku

點心	**スナック** 穌那^枯 sunakku

晚餐	ゆうしょく **夕食** 尤～休枯 yuushoku

肚子餓	くうふく **空腹な** 枯～夫枯那 kuufukuna

咖啡館	**カフェテリア** 卡夫耶貼里阿 kafeteria

中文	日語	中文拼音	羅馬拼音

土司	トースト 豆〜穌豆 toosuto

麵包	パン 胖恩 pan

玉蜀黍薄片	コーンフレーク 寇〜恩夫累〜枯 koonpureeku

燕麥片	オートミール 歐〜豆咪〜魯 ootomiiru

火腿蛋	ハムエッグ 哈母耶^估 hamueggu

培根	ベーコン 佩〜根 beegon

中文	日語	中文拼音	羅馬拼音

熱狗

ソーセージ
搜～誰～基
sooseeji

蛋

<ruby>卵<rt>たまご</rt></ruby>
它媽勺
tamago

水煮蛋

ゆで<ruby>卵<rt>たまご</rt></ruby>
尤爹它媽勺
yudetamago

半熟蛋

<ruby>半熟卵<rt>はんじゅくたまご</rt></ruby>
漢啾枯它媽勺
hanjukutamago

煎蛋

<ruby>目玉焼き<rt>めだまや</rt></ruby>
妹達媽呀克伊
medamayaki

蛋包飯

オムレツ
歐母累支
omuretsu

中文	日語	中文拼音	羅馬拼音

英式鬆餅

スコーン
穌寇～恩
sukoon

◀京都市下京區
新京極· 寺町路

新京極· 寺町通還留
有傳統的的民家，並
有許多傳統老舖，叫
人發思古之幽情。

這句中文日語怎麼說

● **請給我菜單。**

メニューください。

妹牛～枯達賽
menyuukudasai

● **我完全不懂。**

ぜんぜん わ
全然分からない。

瑞恩瑞恩 哇卡拉那伊
zenzenwakaranai

● **吃到飽的。**

た　　ほうだい
食べ放題だ。

它貝后～達伊達
tabehoodaida

中文	日語	中文拼音	羅馬拼音

雞肉	とりにく 鶏肉 豆里尼枯 toriniku
豬肉	ぶたにく 豚肉 布它尼枯 butaniku
牛肉	ぎゅうにく 牛肉 哥伊烏～尼枯 gyuuniku
魚	さかな 魚 沙卡那 sakana
白飯	はん ご飯 勾漢 gohan
麵包	パン 胖恩 pan

中文	日語	中文拼音	羅馬拼音
麵類	めんるい **麵類** 妹恩魯伊 menrui		
蔬菜	やさい **野菜** 呀賽 yasai		
湯	スープ 穌～撲 suupu		

▲品川區東京灣
天氣晴朗時，可以找眺望視野極佳的景點，來俯瞰市區全景。

這句中文 日語怎麼說

● 請用！

さあ、どうぞ。

沙〜 稲〜宙
saa doozo

● 多少錢？

いくらですか？

伊枯拉爹穌卡
ikuradesuka

● 我太滿足了。

満足です。
まんぞく

媽恩宙枯爹穌
manzokudesu

中文	日語	中文拼音	羅馬拼音

中國菜	ちゅうかりょうり **中華料理** 七烏～卡溜～里 chuukaryoori
麵	めん **麺** 面 men
春捲	はるま **春巻き** 哈魯媽克伊 harumaki
炒飯	や めし **焼き飯** 呀克伊妹西 yakimeshi
白飯	はん **ご飯** 勾漢 gohan
雜碎 （一種有肉或雞肉 及米飯、洋蔥等的 美式中國菜）	**チャプスイ** 洽撲穌伊 chapusui

中文	日語	中文拼音	羅馬拼音
拉麵	ラーメン 拉～妹恩 raamen		
清粥	粥（かゆ） 卡尤 kayu		

▲台東區淺草水上巴士

也可以搭水上巴士，隨波蕩漾，欣賞燈火輝煌的夜景，聆聽琴韻悠揚的音樂，忘去塵憂，沈醉在迷人的詩情裡。

這句中文日語怎麼說

● 這是什麼？

> ### これは何^{なん}ですか？
>
> 寇累哇 那恩爹穌卡
> korewa nandesuka

● 跟以前的一樣。

> ### いつもと同^{おな}じだよ。
>
> 伊支某豆 歐那基達悠
> itsumoto onajidayo

● 跟那個一樣的。

> ### 同^{おな}じものを。
>
> 歐那基某諾歐
> onajimono o

飲料(含酒精成分)

中文	日語	中文拼音	羅馬拼音

中文	日語 / 中文拼音 / 羅馬拼音
啤酒	ビール 逼～魯 biiru
生啤酒	なま 生ビール 那媽逼～魯 namabiiru
白葡萄酒	しろ 白ワイン 西落哇伊恩 shirowaain
紅葡萄酒	あか 赤ワイン 阿卡哇伊恩 akawain
威士忌	ウイスキー 烏伊穌克伊～ uisukii
杜松子酒	ジン 基恩 jin

中文	日語	中文拼音	羅馬拼音

雞尾酒	**カクテル** 卡枯貼魯 kakuteru

酒	さけ **酒** 沙克耶 sake

威士忌蘇打	**ハイボール** 哈伊剝～魯 haibooru

飯前酒	しょくぜんしゅ **食前酒** 休枯瑞恩咻 shokuzenshu

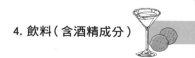

 這句中文**日語怎麼說**

● 我們後會有期。

また会いましょう。

媽它阿伊媽休〜
mataaimashoo

● 這怎麼做？

作り方は？

支枯里卡它哇
tsukurikatawa

● 有什麼推薦的菜？

お薦めは何ですか？

歐穌穌妹哇 那恩爹穌卡
osusumewa nandesuka

中文	日語	中文拼音	羅馬拼音

礦泉水

ミネラルウォーター
咪內拉魯烏歐～它～
mineraruuootaa

紅茶

こうちゃ
紅茶
寇～洽
koocha

檸檬茶（奶茶）

レモン（ミルク）ティー
累某恩 (咪魯枯) 剃伊～
remon (miruku) teii

綠茶

りょくちゃ
緑茶
溜枯洽
ryokucha

咖啡

コーヒー
寇～喝伊～
koohii

水

みず
水
咪茲
mizu

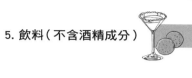

中文	日語	中文拼音	羅馬拼音

橘子汁

オレンジジュース
歐累恩基啾～穌
orenjijuusu

蕃茄汁

トマトジュース
豆媽豆啾～穌
tomatojuusu

蘋果汁

りんごジュース
里恩勾啾～穌
ringojuusu

可可亞

ココア
寇寇阿
kokoa

牛奶

ミルク
咪魯枯
miruku

熱的

熱(あつ)い
阿支伊
atsui

中文	日語	中文拼音	羅馬拼音

冷的

つめ
冷たい
支妹它伊
tsumetai

◀札幌拉麵街
味噌拉麵的誕生地
就是這裡。

這句中文日語怎麼說

● 給我一瓶啤酒。

ビールください。

逼～魯枯達賽
biirukudasai

● 再來一杯，如何？

もう一杯どう？

某～伊^趴伊稻～
mooippaidoo

● 我宿醉。

二日酔いだ。

夫支卡悠伊達
futsukayoida

中文	日語	中文拼音	羅馬拼音

點心	デザート 爹雜～豆 dezaato
起司	チーズ 七～茲 chiizu
水果蛋糕	フルーツケーキ 夫魯～支克耶～克伊 furuutsukeeki
奶油凍	ムース 母～穌 muusu
布丁	プリン 撲里恩 purin
果凍	ゼリー 瑞里～ zerii

中文	日語	中文拼音	羅馬拼音
冰淇淋	アイスクリーム 阿伊穌枯里～母 aisukuriimu		
蛋糕	ケーキ 克耶～克伊 keeki		

▲新宿御苑

這裡原本是信州高遠藩主內藤家的宅邸，1879年改為新宿植物御苑，第二次世界大戰後成為國家公園，並開放給一般民眾參觀。

這句中文 日語怎麼說

● 您要不要來個冰淇淋？

> ### アイスクリームはいかがですか。
>
> 阿伊穌枯里～母哇 伊卡嘎爹穌卡
> aisukuriimuwa ikagadesuka

● 給我這個。

> ### これをください。
>
> 寇累歐 枯達賽
> koreo kudasai

● 啤酒再來一瓶。

> ### ビールもう一本。
>
> 逼～魯某～伊^剖恩
> biiru mooippon

中文	日語	中文拼音	羅馬拼音

中文	
水果	くだもの **果物** 枯達某諾 kudamono
葡萄	**ぶどう** 布稻～ budoo
李子	**すもも** 穌某某 sumomo
梨子	**なし** 那西 nashi
杏子	**あんず** 阿恩茲 anzu
櫻桃	**さくらんぼ** 沙枯拉恩剝 sakuranbo

中文	日語	中文拼音	羅馬拼音

草莓

いちご
伊七勾
ichigo

檸檬

レモン
累夢恩
remon

蘋果

りんご
里恩勾
ringo

無花果

いちじく
伊七基枯
ichijiku

奇異果

キウイ
克伊烏伊
kiui

柳丁

オレンジ
歐累恩基
orenji

中文	日語	中文拼音	羅馬拼音
芒果	マンゴー 媽恩勾～ mangoo		
桃子	もも 桃 某某 momo		
鳳梨	パイナップル 趴伊那^撲魯 painappuru		

▲新宿車站東口附近
　大型百貨及電影院櫛比鱗次，是日本最大的商業區。

139

這句中文日語怎麼說

● 馬馬虎虎啦！

まあまあかな。

媽媽卡那
maamaakana

● 給我香蕉。

バナナにします。

拔那那尼 西媽穌
banannishimasu

● 歡迎再度光臨。

また来_きてね。

媽它克伊貼內
matakitene

蔬 菜

中文	日語	中文拼音	羅馬拼音

竹筍

タケノコ
它克耶諾寇
takenoko

小黃瓜

きゅうり
卡伊烏～里
kyuuri

栗子

<ruby>栗<rt>くり</rt></ruby>
枯里
kuri

茄子

ナス
那穌
nasu

杏仁

アーモンド
阿～某恩稻
aamondo

高麗菜

キャベツ
卡呀貝支
kyabetsu

中文	日語	中文拼音	羅馬拼音

芹菜	セロリ 誰落里 serori

玉蜀黍	トウモロコシ 豆〜某落寇西 toomorokoshi

青椒	ピーマン 披〜媽恩 piiman

萵苣	レタス 累它穌 retasu

洋蔥	玉^{たま}ねぎ 它媽內哥伊 tamanegi

豌豆	エンドウ豆^{まめ} 耶恩稻〜媽妹 endoomame

中文	日語	中文拼音	羅馬拼音

菠菜

ホウレン草<ruby>草<rt>そう</rt></ruby>
后～累恩搜～
hoorensoo

蘆筍

アスパラガス
阿穌趴拉嘎穌
asuparagasu

紅蘿蔔

ニンジン
尼恩基恩
ninjin

蔥

<ruby>葱<rt>ねぎ</rt></ruby>
內哥伊
negi

蘑菇

マッシュルーム
媽^咻魯～母
masshuruumu

歐芹

パセリ
趴誰里
paseri

中文	日語	中文拼音	羅馬拼音

金瓜

カボチャ

卡剝洽
kabocha

蕃茄

トマト

豆媽豆
tomato

▲新宿副都心
　都廳聳立其間，周圍有許多飯店及公司行號如眾星拱月般地環繞著。

這句中文 日語怎麼說

● 真厲害！

> ### すごい！
> 穌勾伊
> sugoi

● 要不要一起吃個晚餐？

> ### 夕食に行かない？
> ゆうしょく い
> 尤～休枯尼 伊卡那伊
> yuushokuni ikanai

● 我請客。

> ### おごるよ。
> 歐勾魯悠
> ogoruyo

中文	日語	中文拼音	羅馬拼音

醬油

しょう油
休〜尤
shooyu

橄欖油

オリーブ油
歐里〜布阿布拉
oriibuabura

胡椒

コショウ
寇休〜
koshoo

美奶滋

マヨネーズ
媽悠內〜茲
mayoneezu

芥末粉

マスタード
媽穌它〜稻
masutaado

蕃茄醬

ケチャップ
克耶洽^撲
kechappu

中文	日語	中文拼音	羅馬拼音

蒜頭

ニンニク
尼恩尼枯
ninniku

◀北海道的
道北富良野市
美瑛的丘稜地。

 這句中文**日語怎麼說**

● 贏啦！

勝ったぞ！
か

卡^它宙
kattazo

● 我受不了啦！

我慢できない。
がまん

嘎媽恩爹克伊那伊
gamandekinai

● 你還真行嘛！

やるじゃん。

呀魯甲恩
yarujan

六

植物及環境

中文	日語	中文拼音	羅馬拼音
動物	どうぶつ 動物 稻～布支 doobutsu		
貓	ねこ 猫 內寇 neko		
老鼠	ねずみ 鼠 內茲咪 nezumi		
狗	いぬ 犬 伊奴 inu		
牛	うし 牛 烏西 ushi		
大象	ぞう 象 宙～ zoo		

中文	日語	中文拼音	羅馬拼音

羊	ひつじ 羊 喝伊支基 hitsuji
豬	ぶた 豚 布它 buta
獅子	ライオン 拉伊歐恩 raion
長頸鹿	きりん 克伊里恩 kirin
斑馬	しまうま 西媽烏媽 shimauma
熊貓	ぱんだ 胖達 panda

中文	日語	中文拼音	羅馬拼音

駱駝	らくだ 拉枯達 rakuda
熊	くま 枯媽 kuma
猴子	さる 猿 沙魯 saru
狐狸	きつね 狐 克伊支內 kitsune
馬	うま 馬 烏媽 uma
蛇	へび 蛇 黑逼 hebi

這句中文日語怎麼說

● 你在做什麼啊！

<ruby>何<rt>なに</rt></ruby>やってんだ！

那尼呀^貼恩達
naniyattenda

● 那怎麼可以！

とんでもない。

豆恩爹某那伊
tondemonai

● 真了不起！

えらい！

耶拉伊
erai

中文	日語	中文拼音	羅馬拼音

魚	さかな **魚** 沙卡那 sakana

蝦	えび 耶逼 ebi

海豚	いるか 伊魯卡 iruka

鯨魚	くじら **鯨** 枯基拉 kujira

鯊魚	さめ 沙妹 same

章魚	たこ 它寇 tako

中文	日語	中文拼音	羅馬拼音
烏賊	いか 伊卡 ika		
水母	くらげ 枯拉給 kurage		
珊瑚礁	さんご 珊瑚 現勾 sango		
鯉魚	こい 寇伊 koi		

這句中文 日語怎麼說

● 輸了！

負^まけた。

媽<u>克耶</u>它
maketa

● 幹得好！

いいぞ！

伊～宙
iizo

● 問題解決啦！

問^{もんだい}題は解^{かいけつ}決だ。

某恩達哇 卡伊<u>克耶</u>支達
mondaiwa kaiketsuda

中文	日語	中文拼音	羅馬拼音

蒼蠅

はえ
蠅
哈耶
hai

鴨子

アヒル
阿喝伊魯
ahiru

虫

むし
虫
母西
mushi

麻雀

すずめ
穌茲妹
suzume

鴿子

はと
哈豆
hato

烏鴉

からす
卡拉穌
karasu

中文	日語	中文拼音	羅馬拼音

燕子

つばめ
支拔妹
tsubame

雲雀

ひばり
喝伊拔里
hibari

海鷗

かもめ
卡某妹
kamome

蝴蝶

ちょう
秋～
choo

老鷹

たか
它卡
taka

蚊子

<ruby>蚊<rt>か</rt></ruby>
卡
ka

中文	日語	中文拼音	羅馬拼音
蜜蜂	はち 哈七 hachi		
蜘蛛	くも 枯某 kumo		

▲上野車站

來日本各地，若能事先了解各地的發展背景，這樣才能作一趟深度旅遊，才算不虛此行。

這句中文日語怎麼說

● 不，謝啦！

けっこう
結構です。

克耶^寇～爹穌
kekkoodesu

● 玩得盡興嗎？

たの
楽しんでる。

它諾西恩爹魯
tanoshinderu

● 你好酷喔！

すてき
素敵ですね。

穌貼克伊爹穌內
sutekidesune

中文	日語	中文拼音	羅馬拼音

植物

しょくぶつ
植物
休枯布支
shokubutsu

松樹

まつ
松
嬤支
matsu

梅

うめ
梅
烏妹
ume

櫻樹

さくら
桜
沙枯拉
sakura

杉

すぎ
杉
穌哥伊
sugi

紅葉

もみじ
紅葉
某咪基
momiji

中文	日語	中文拼音	羅馬拼音

竹	たけ 竹 它克耶 take
椰子樹	やし 椰子 呀西 yashi
樹叢	もり 森 某里 mori
森林	もり 森 某里 mori
森林	しんりん 森林 西恩里恩 shinrin

這句中文日語怎麼說

● 有些什麼呢？

> なに
> 何があるの？
>
> 那尼嘎 阿魯諾
> naniga aruno

● 我再打過去。

> またかけます。
>
> 媽它卡克耶媽穌
> mata kakemsu

● 別害臊嘛！

> て
> 照れるなよ。
>
> 貼累魯那悠
> tererunayo

中文	日語	中文拼音	羅馬拼音
玫瑰花	ばら	拔拉	bara
康乃馨	カーネーション	卡〜內〜休恩	kaaneeshon
大波斯菊	コスモス	寇穌某穌	kosumosu
鬱金香	チューリップ	七烏〜里^撲	chuurippu
向日葵	ひまわり	喝伊媽哇里	himawari
蘭花	らん	拉阿恩	ran

中文	日語	中文拼音	羅馬拼音

百合

ゆり
尤里
yuri

水仙花

<ruby>水仙<rt>すいせん</rt></ruby>
穌伊現
suisen

菊花

<ruby>菊<rt>きく</rt></ruby>
克伊枯
kiku

仙人掌

サボテン
沙剝貼恩
saboten

花束

<ruby>花束<rt>はなたば</rt></ruby>
哈那它拔
hanataba

花店

<ruby>花屋<rt>はなや</rt></ruby>
哈那呀
hanaya

這句中文**日語怎麼說**

● 在哪裡買得到呢？

どこで買えますか？

稻寇爹 卡耶媽穌卡
dokode kaemasuka

● 我不這麼認為。

そうは思わない。

搜～哇 歐某哇那伊
soowa omowanai

● 我很生氣。

私は怒ってる。

哇它西哇 歐寇^貼魯
watashiwa okotteru

中文	日語	中文拼音	羅馬拼音

晴天

は
晴れ
哈累
hare

陰天

くも
曇り
枯某里
kumori

雨

あめ
雨
阿妹
ame

雪

ゆき
雪
尤克伊
yuki

風

かぜ
風
卡瑞
kaze

颱風

たいふう
台風
它伊夫～
taifuu

中文	日語	中文拼音	羅馬拼音

中文	日語
暴風雨	あらし 嵐 阿拉西 arashi
龍捲風	たつまき 竜巻 它支媽克伊 tatsumaki
打雷	かみなり 雷 卡咪那里 kaminari
地震	じしん 地震 基西恩 jishin
氣溫	きおん 気温 克伊歐恩 kion
彩虹	にじ 虹 尼基 niji

中文	日語	中文拼音	羅馬拼音

太陽

たいよう
太陽
它伊悠～
taiyoo

月亮

つき
月
支克伊
tsuki

地球

ちきゅう
地球
七枯伊烏～
chikyuu

星座

せいざ
星座
誰～雜
seeza

火星

かせい
火星
咖誰～
kasee

木星

もくせい
木星
謀枯誰伊～
mokusee

中文	日語	中文拼音	羅馬拼音

土星	どせい 土星 兜誰〜 dosee

天王星	てんのうせい 天王星 天恩諾誰〜 tennosee

海王星	かいおうせい 海王星 枯伊歐烏誰〜 kaioosee

冥王星	めいおうせい 冥王星 妹伊歐烏誰〜 meeoosee

火箭	ロケット 落克耶^豆 roketto

人工衛星	じんこうえいせい 人工衛星 基恩寇〜耶〜誰〜 jinkooeesee

中文	日語	中文拼音	羅馬拼音
宇宙	うちゅう 宇宙 烏七烏～ uchuu		

◀北海道的道東
斜里町

 這句中文 **日語怎麼說**

● 我喜歡。

き に はい
気に入った！

克伊尼 伊^它

kini itta

● 我可以抽煙嗎？

たばこ吸っ す ていい？

它拔寇 穌^貼 伊伊

tabako sutteii

● 不錯的樣子嘛！

いいねえ。

伊～內～

iinee

七

娛樂篇

中文	日語	中文拼音	羅馬拼音

銀行	ぎんこう 銀行 哥伊恩寇～ ginkoo
學校	がっこう 学校 嘎阿^寇～ gakkoo
公園	こうえん 公園 寇～耶恩 kooen
飯店	ホテル 后貼魯 hoteru
郵局	ゆうびんきょく 郵便局 尤～遍恩克悠枯 yuubinkyoku
醫院	びょういん 病院 比悠～伊恩 byooin

中文	日語	中文拼音	羅馬拼音

公共電話

こうしゅうでんわ
公衆電話
寇～咻～電哇
kooshuudenwa

咖啡店

きっさてん
喫茶店
克伊^沙貼恩
kissaten

餐廳

レストラン
累穌豆拉恩
resutoran

居酒屋

いざかや
居酒屋
伊雜卡呀
izakaya

超市

スーパー
穌～趴～
suupaa

車站

えき
駅
耶克伊
eki

中文	日語	中文拼音	羅馬拼音

網路咖啡店	ネットカフェ 內^豆卡夫耶 nettokafe
廁所	トイレ 豆伊累 toire
停車場	ちゅうしゃじょう 駐車場 七烏〜蝦久〜 chuujoo
麵包店	パン屋 趴恩呀 panya
免稅店	めんぜいてん 免稅店 妹恩瑞〜店 menzeeten
藥房	やっきょく 薬局 呀^克悠枯 yakkyoku

中文	日語	中文拼音	羅馬拼音

理髮廳

<ruby>床屋<rt>とこや</rt></ruby>

豆寇呀

tokoya

廣場

<ruby>広場<rt>ひろば</rt></ruby>

嘻落拔

hiroba

現在位置

<ruby>現在地<rt>げんざいち</rt></ruby>

給恩雜伊七

genzaichi

目的地

<ruby>目的地<rt>もくてきち</rt></ruby>

某枯貼克伊七

mokutekichi

近的

<ruby>近い<rt>ちか</rt></ruby>

七卡伊

chikai

遠的

<ruby>遠い<rt>とお</rt></ruby>

豆～伊

tooi

這句中文 日語怎麼說

● **請幫我拍照。**

<ruby>写真<rt>しゃしん</rt></ruby>を<ruby>撮<rt>と</rt></ruby>ってください。

蝦西諾 歐 豆^貼 枯達賽

shashin o tottekudasai

● **可以跟您拍個照嗎？**

<ruby>一緒<rt>いっしょ</rt></ruby>に<ruby>撮<rt>と</rt></ruby>ってください。

伊^休尼 豆^貼 枯達賽

Isshoni tottekudasai

● **我開玩笑的啦！**

<ruby>冗談<rt>じょうだん</rt></ruby>だよ。

久～達恩達悠

joodandayo

漫步街頭(二)

中文	日語	中文拼音	羅馬拼音
街道	まち 街 媽七 machi		
道路	どうろ 道路 稻〜落 dooro		
河川	かわ 川 卡哇 kawa		
橋	はし 橋 哈西 hashi		
高塔	タワー 它哇〜 tawaa		
宮殿	きゅうでん 宮殿 枯伊烏〜店 kyuuden		

中文	日語	中文拼音	羅馬拼音
城堡	しろ 城 西落 shiro		
寺廟	てら 寺 貼拉 tera		
教會	きょうかい 教会 克悠～卡伊 kyookai		
動物園	どうぶつえん 動物園 稻～布支耶恩 doobutsuen		
水族館	すいぞくかん 水族館 穌伊宙枯卡恩 suizokukan		
山	やま 山 呀媽 yama		

中文	日語	中文拼音	羅馬拼音
海	うみ 海 烏咪 umi		
島嶼	しま 島 西媽 shima		
湖泊	みずうみ 湖 咪茲烏咪 mizuumi		
噴水池	ふんすい 噴水 夫恩穌伊 funsui		

這句中文 日語怎麼說

● 我迷路了。

道^{みち}に迷^{まよ}ってしまいました。

咪七尼 媽悠^貼 西媽伊媽西它

michini mayotteshimaimashita

● 請幫我寫一下。

書^かいてください。

卡伊貼 枯達賽

kaite kudasai

中文	日語	中文拼音	羅馬拼音

這裡	ここ 寇寇 koko

那裡	あそこ 阿搜寇 asoko

東	ひがし 東 喝伊嘎西 higashi

西	にし 西 尼西 nishi

南	みなみ 南 咪那咪 minami

北	きた 北 克伊它 kita

中文	日語	中文拼音	羅馬拼音

右	みぎ 右 咪哥伊 migi
左	ひだり 左 嘻達里 hidari
角落	かど 角 卡稻 kado
直走	まっすぐ 媽^穌佑 massugu
轉彎	ま 曲がる 媽嘎魯 magaru
紅綠燈	しんごう 信号 西恩勾～ shigoo

中文	日語	中文拼音	羅馬拼音
入口	入^いり口^{ぐち} 伊里估七 iriguchi		
出口	出口^{でぐち} 爹估七 deguchi		
小賣店	売店^{ばいてん} 拔伊店 baiten		
公車站牌	バス停^{てい} 拔穌貼～ basutee		
計程車招呼站	タクシー乗^のり場^ば 它枯西～諾里拔 takushiinoriba		

185

這句中文日語怎麼說

● 車站在哪裡？

駅はどっちですか？

耶克伊哇 稻^七爹穌卡

ekiwa docchidesuka

● 這邊嗎？

こっちの方ですか？

寇^七諾后〜爹穌卡

kocchinohoodesuka

中文	日語	中文拼音	羅馬拼音

出租腳踏車	貸し自転車 卡西基爹恩蝦 kashijidensha
運動	スポーツ 穌剖～支 supootsu
網球	テニス 貼尼穌 tenisu
游泳	水泳 穌伊耶～ suiee
泳裝	水着 咪茲哥伊 mizugi
高爾夫球	ゴルフ 勾魯夫 gorufu

中文	日語	中文拼音	羅馬拼音
釣魚	釣り	支里	tsuri
釣餌	えさ	耶沙	esa
滑雪	スキー	穌<u>克伊</u>～	sukii
溜冰	スケート	穌<u>克耶</u>～豆	sukeeto
帆船	ボート	剝～豆	booto
遊艇	ヨット	悠^豆	yotto

 **這句中文日語怎麼說**

● 時間你決定啦！

> あなたが決めて。
>
> 阿那它嘎 克伊妹貼
> anataga kimete

● 我們各付各的。

> 割り勘にしよう。
>
> 哇里卡恩尼 西悠～
> warikanni shiyoo

● 多少個？

> いくつですか？
>
> 伊枯支爹穌卡
> ikutsudesuka

189

中文	日語	中文拼音	羅馬拼音

騎馬	<ruby>乗馬<rt>じょうば</rt></ruby> 久～拔 jooba

爬山	<ruby>登山<rt>とざん</rt></ruby> 豆～雜恩 toozan

露營	キャンプ 卡呀恩撲 kyanpu

浮潛	スキューバダイビング 穌枯伊烏～拔達伊逼恩佔 sukyuubadaibingu

騎腳踏車	サイクリング 賽枯里恩佔 saikuringu

保齡球	ボーリング 剝～里恩佔 booringu

中文	日語	中文拼音	羅馬拼音

迪士可舞

ディスコ
爹伊穌寇
deisuko

賭場

カジノ
卡基諾
kajino

溫泉

おんせん
温泉
歐恩現
onsen

三溫暖

サウナ
沙烏那
sauna

比賽

しあい
試合
西阿伊
shiai

這句中文 日語怎麼說

● 這是什麼？

> ### これは何^{なん}ですか？
>
> 寇累哇 那恩爹穌卡
> korewa nandesuka

● 可以跟您跳一支舞嗎？

> ### 踊^{おど}らない？
>
> 歐稲拉那伊
> odoranai

● 今晚給我電話。

> ### 今夜^{こんや}、電話^{でんわ}ちょうだい。
>
> 控押，爹恩哇秋～達伊
> konya, denwachoodai

| 中文 | 日語 | 中文拼音 | 羅馬拼音 |

電影
えいが
映画
耶～嘎
eega

戲劇
えんげき
演劇
耶恩給克伊
engeki

音樂會
おんがくかい
音楽会
歐恩嘎枯枯伊
ongakukai

展覽會
てんらんかい
展覧会
貼恩拉恩枯伊
tenrankai

演唱會
コンサート
寇恩沙～豆
konsaato

管弦樂
オーケストラ
歐～克耶穌豆拉
ookesutora

中文	日語	中文拼音	羅馬拼音

芭蕾舞

バレエ
拔累～
baree

馬戲團

サーカス
沙～卡穌
saakasu

木偶劇

にんぎょうげき
人形劇
尼恩克悠～給克伊
ningyoogeki

歌劇

オペラ
歐佩拉
opera

標題，題名

だいめい
題名
達伊妹～
daimee

電影院

えいが かん
映画館
耶～嘎卡恩
eegakan

中文	日語	中文拼音	羅馬拼音

劇場

げきじょう
劇場
給克伊久～
gekijoo

入門票

にゅうじょうけん
入場券
牛～久～克耶恩
nyuujooken

對號座位

していせき
指定席
西貼～誰克伊
shiteeseki

售票處

きっぷ う ば
切符売り場
克伊^撲烏里拔
kippuuriba

白天場

ひる ぶ
昼の部
喝伊魯諾布
hirunobu

晚上場

よる ぶ
夜の部
悠魯諾布
yorunobu

中文	日語	中文拼音	羅馬拼音

上映中	じょうえいちゅう 上映中 久～耶～七烏～ jooeechuu

預告篇	よこくへん 予告編 悠寇枯黑恩 yokokuhen

學生折扣	がくせいわりびき 学生割引 嘎枯誰～哇里逼克伊 gakuseewaribiki

有人氣	にんき 人気がある 尼恩克伊嘎 阿魯 ninkiga aru

這句中文 日語怎麼說

● 我要買單。

かんじょう　ねが
お勘定お願いします。

歐卡恩久～ 歐內嘎伊 西媽穌
okanjoo onegaaishimasu

● 我說真的。

ほんき
本気だよ。

哄克伊達悠
honkidayo

● 什麼時候都可以。

いつでもいいよ。

伊支爹某 伊伊悠
itsudemo iiyo

八

發生意外篇

中文	日語	中文拼音	羅馬拼音
警察	けいさつ 警察 克耶～沙支 keesatsu		
大使館	たいしかん 大使館 它伊西卡恩 taishikan		
領事館	りょうじかん 領事館 溜～基卡恩 ryoojikan		
強盗	ごうとう 強盗 勾～豆～ gootoo		
扒手	すり 穌里 suri		
錢包	さいふ 財布 賽夫 saifu		

中文	日語	中文拼音	羅馬拼音

交通事故
こうつう じこ
交通事故
寇～支～基寇
kootsuujiko

再度發照
さいはっこう
再発行
賽哈^寇～
saihakkoo

醫院
びょういん
病院
比悠～印
byooin

救護車
きゅうきゅうしゃ
救急車
枯伊烏～_枯伊烏_～蝦
kyuukyuusha

緊急
きんきゅう
緊急
克伊恩枯伊烏～
kinkyuu

處方箋
しょほう
処方せん
休后～現
shohoosen

| 中文 | 日語 | 中文拼音 | 羅馬拼音 |

病歷表

しんだんしょ
診斷書
西恩達恩休
shindansho

◀北海道的道東
霧多布岬

 **這句中文日語怎麼說**

● 幾點？

何時ですか？

何<ruby>時<rt>なんじ</rt></ruby>ですか？

那恩基爹穌卡
nanjidesuka

● 你不要害怕。

<ruby>怖<rt>こわ</rt></ruby>がらないで。

寇哇嘎拉那伊爹
kowagaranaide

● 我身體不舒服。

<ruby>具合<rt>ぐあい</rt></ruby>が<ruby>悪<rt>わる</rt></ruby>いです。

估阿伊嘎 哇魯伊爹穌
guaiga waruidesu

中文	日語	中文拼音	羅馬拼音

我要買藥。

<ruby>薬<rt>くすり</rt></ruby>が<ruby>欲<rt>ほ</rt></ruby>しい
枯穌里嘎 后西～
kusuriga hoshii

藥局

<ruby>薬局<rt>やっきょく</rt></ruby>
呀^克悠枯
yakkyoku

藥

<ruby>薬<rt>くすり</rt></ruby>
枯穌里
kusuri

感冒藥

<ruby>風邪薬<rt>かぜぐすり</rt></ruby>
卡瑞估穌里
kazegusuri

阿斯匹林

アスピリン
阿穌披里恩
asupirin

止痛藥

<ruby>鎮痛剤<rt>ちんつうざい</rt></ruby>
七恩支～雜伊
zutsuuzai

中文	日語	中文拼音	羅馬拼音

胃藥	いちょうくすり 胃腸薬 伊秋～呀枯 igusuri

漱口藥	うがい薬 烏嘎伊枯穌里 ugaikusuri

抗生物質	こうせいぶっしつ 抗生物質 寇～誰～布^西支 kooseebusshitsu

溫度計	たいおんけい 体温計 它伊歐恩克耶～ taionkee

急救帶	バンドエイド 拔恩稻耶伊稻 bandoeido

我累了。	つか 疲れた。 支卡累它 tsukareta

這句中文 日語怎麼說

● 我該怎麼辦？

> どうすればいいんだ。

稻〜穌累拔 伊伊恩達
doosurebaiinda

● 我要買藥。

> 薬_{くすり}がほしい。

枯穌里嘎 后西〜
kusuriga hoshii

疼痛的說法

中文	日語	中文拼音	羅馬拼音

肚子痛

<ruby>腹痛<rt>ふくつう</rt></ruby>
夫枯支～
fukutsuu

想吐

<ruby>吐<rt>は</rt></ruby>き<ruby>気<rt>け</rt></ruby>
哈克伊 克耶
hakike

發癢

かゆみ
卡尤咪
kayumi

割傷

<ruby>切<rt>き</rt></ruby>り<ruby>傷<rt>きず</rt></ruby>
克伊里克伊茲
kirikizu

便秘

<ruby>便秘<rt>べんぴ</rt></ruby>
貝恩披
benpi

腹瀉

<ruby>下痢<rt>げ り</rt></ruby>
給里
geri

中文	日語	中文拼音	羅馬拼音

頭暈	めまい 妹媽伊 memai

頭痛	ず つう 頭痛 茲支～ zzutsuu

淤傷	う み 打ち身 烏七咪 uchimi

生理痛	せいりつう 生理痛 誰伊里支～ seeritsue

喉嚨痛	の ど いた 喉の痛み 諾稻諾伊它咪 nodonoitami

身體不舒服	き ぶん わる 気分が悪い 克伊布恩嘎 哇魯伊 kibunga warui

中文	日語	中文拼音	羅馬拼音

發冷

寒気がする
さむけ
沙母克耶嘎 穌魯
samukega suru

倦怠

だるい
達魯伊
darui

發麻

しびれる
西逼累魯
shibireru

消化不良

消化不良
しょうかふりょう
休〜卡夫溜〜
shookafuryoo

咳嗽

せき
誰克伊
seki

打噴嚏

くしゃみ
枯蝦咪
kushami

中文	日語	中文拼音	羅馬拼音

鼻涕	はなみず **鼻水** 哈那咪茲 hanamizu
失眠症	ふみんしょう **不眠症** 夫咪恩休～ fuminshoo
骨折	こっせつ **骨折** 寇^誰支 kossetsu
高血壓	こうけつあつ **高血圧** 寇～<u>克耶支阿支</u> kooketsuatsu
低血壓	ていけつあつ **低血圧** 貼～<u>克耶支阿支</u> teeketsuatsu
過敏症	**アレルギー** 阿累魯哥伊～ arerugii

中文	日語	中文拼音	羅馬拼音

我要去看醫生。

びょういん　い
病院に行きたい。
比悠～伊恩尼 伊克伊它伊
byooinni ikitai

這裡痛。

いた
ここが痛みます。
寇寇嘎 伊它咪媽穌
kokoga itamimasu

旅行保險

りょこうしゃ ほけん
旅行者保険
溜寇～蝦后克耶恩
ryokooshahoken

▲羽田機場
羽田機場可說是東 天空的玄關。

211

這句中文日語怎麼說

● 請幫我叫醫生。

> ### 医者を呼んでください。
>
> 伊蝦 歐 悠恩爹 枯達賽
> isha o yondekudasai

● 請帶我到醫院。

> ### 病院に連れていってください。
>
> 比悠～伊恩尼 支累貼 伊^貼枯達賽
> byooinni tsurete ittekudasai

● 我這裡痛。

> ### ここが痛い。
>
> 寇寇嘎 伊它伊
> kokoga itai

中文	日語	中文拼音	羅馬拼音

歯科

しか
歯科
西卡
shika

眼科

がんか
眼科
嘎恩卡
ganka

外科

げ か
外科
給卡
geka

內科

ないか
内科
那伊卡
naika

婦產科

さん ふじんか
産婦人科
現夫浸卡
sanfujinka

眼科

がん か
眼科
嘎恩卡
ganka

中文	日語	中文拼音	羅馬拼音
醫生	せんせい 先生 現誰～ sensee		
護士	かんごふ 看護婦さん 卡恩勾夫浸 kangofusan		
住院	にゅういん 入院 牛～ 印 nyuuin		
診斷	しんだん 診断 西恩達恩 shidan		
我身體還好嗎？	だいじょうぶ 大丈夫ですか？ 達伊久～布爹穌卡 daijoofudesuka		

這句中文 日語怎麼說

● 我要去看病。

びょういん い
病院に行きたい。

比悠～伊恩尼 伊克伊它阿伊
byooinni ikitai

● 真奇怪！

へん
変だな。

黑恩達那
hendana

● 緊急事件。

きんきゅう
緊急です。

克伊恩枯伊烏～爹穌
kinkyuudesu

遇 難

中文	日語	中文拼音	羅馬拼音

救命啊！

助けて
たす
它穌克耶貼
tasukete

住手！

やめろ
呀妹落
yamero

捉住他！

捕まえて
つか
支卡媽耶貼
tsukamaete

丟了

なくした
那枯西它
nakushita

被偷了

盗まれた
ぬす
奴穌媽累它
nusumareta

護照

パスポート
趴穌剖～豆
pasupooto

中文	日語	中文拼音	羅馬拼音

現金	げんきん 現金 給恩克伊恩 genkin
旅行支票	トラベラーズチェック 豆拉貝拉～茲黑^枯 toraberaazuchekku
信用卡	クレジットカード 枯累基^豆卡～稻 kurejittokaado

▲原宿表參道
觀光最好的方式就是隨意走走看看。譬如逛逛被稱為
少男少女殺手的原宿。

這句中文日語怎麼說

● 捉住他！

捕まえて！

支卡媽耶貼
tsukamaete

● 有人在裡面嗎？

誰かいる？

達累卡 伊魯
darekairu

● 我發生車禍了。

追突されました。

支伊豆支沙累媽西它
tsuitotsusaremashita

日語系列：19

用中文輕鬆學日文--單字篇

作者／渡邊由里・林小瑜
出版者／哈福企業有限公司
地址／新北市中和區景新街 347 號 11 樓之 6
電話／(02) 2945-6285　傳真／(02) 2945-6986
郵政劃撥／31598840　戶名／哈福企業有限公司
出版日期／2016 年 11 月　再版二刷／2019 年 4 月
定價／NT$ 249 元 (附 MP3)

全球華文國際市場總代理／采舍國際有限公司
地址／新北市中和區中山路 2 段 366 巷 10 號 3 樓
電話／(02) 8245-8786　傳真／(02) 8245-8718
網址／www.silkbook.com　新絲路華文網

香港澳門總經銷／和平圖書有限公司
地址／香港柴灣嘉業街 12 號百樂門大廈 17 樓
電話／(852) 2804-6687　傳真／(852) 2804-6409
定價／港幣 83 元 (附 MP3)

視覺指導／Wan Wan
封面設計／Vi Vi
內文排版／Jo Jo
email／haanet68@Gmail.com

郵撥打九折，郵撥未滿 500 元，酌收 1 成運費，
滿 500 元以上者免運費

國家圖書館出版品預行編目資料

用中文輕鬆學日文-單字篇 /渡邊由里・林小瑜合著. -- 新
北市：哈福企業, 2016.11
　　面；　公分. --(日語系列；19)
ISBN 978-986-5616-80-9(平裝附光碟片)

1.日語 2.詞彙

805.22　　　　　　　　　　　　　　105020708

哈福

哈福